CAPITAINE BOBETTE ET LA REVANCHE RÉPUGNANTE DES ROBO-BOXEURS RADIOACTIFS

Le dixième roman épique de

DAV PILKEY

Texte français d'Isabelle Allard

Éditions
■SCHOLASTIC

Avis aux parents et enseignants
Les fôtes d'ortograf
dans les BD de Georges et Harold
son vous lues.

Copyright © Dav Pilkey, 2013.
Copyright © Éditions Scholastic, 2013, pour le texte français.
Tous droits réservés.

Catalogage avant publication de Bibliothèque et Archives Canada

Pilkey, Dav, 1966-
Capitaine Bobette et la revanche répugnante des robo-boxeurs radioactifs /
auteur et illustrateur, Dav Pilkey ; traductrice, Isabelle Allard.

Traduction de: Captain Underpants and the revolting revenge
of the radioactive robo-boxers.

ISBN 978-1-4431-2641-0

I. Allard, Isabelle II. Titre.

PZ23.P5565Capir 2013   j813'.54   C2013-900174-3

Édition publiée par les Éditions Scholastic,
604, rue King Ouest, Toronto (Ontario) M5V 1E1

5 4 3 2 1 Imprimé au Canada 121   13 14 15 16 17

POUR SAYURI

TABLE DES MATIÈRES

L'HISTOIRE TOP SECRÈTE DU
CAPITAINE BOBETTE

par Georges et Harold

Il était une foi deux p'tits gars super appelés Georges et Harold.

On est super!

Moi aussi!

Ils avaient un trait méchant directeur nomé M. Bougon.

Bla bla bla

Alorre, ils l'ont hynoppetizé

Tu vas obéir à no zordres.

Dac.

Ils lui ont fait croire qu'il étai un superéro.

Tu es mintenant le capitaine Bobette.

Ok.

Au début, c'était drôle...

Tra-la-laaaa!

ha ha ha ha ha

Mais M. Bougon a sauté par la fenêtre.

Attends!

M. Bougon pensait vraiment qu'il était le capitaine Bobette. Il a eu bocou de problèmes!!!

Reviens ici!

Non!

Je suis un héros!

Un jour, un monstre a ataké l'école.

Grrr

Il a essayé de manger M. Bougon.

Georges a trouvé du jus pour superpouvoirs.

J.S.P.

GLOU GLOU

Bois ça, Bobette!

M. Bougon a eu des superpouvoirs!

BOUM!

Alors, il peut voler et tout ça.

Tra-la-laaaa!

Le pire, c'est que quand M. Bougon entent quelqu'un claquer des doigts...

clac

Il se transforme en capitaine Bobette!

Et quand le capitaine Bobette reçoit de l'eau sur la tête...

H2O

il redevient M. Bougon.

bla bla bla!

Alors donc...

Dans notre dernière aventure, il y avait un méchan aplé Fifi Ti-Père.

C'est moi!

Il a construit un Panta-Robo.

Il est entré dedans.

Je vais détruirre le capitaine Bobette!!!

Ah ouais?

Ils se sont batu.

Voilà mon faissot paralyseur!

Raté!

zong

zap

Fifi a aksidentellement gelé ses pieds au sol.

Oh non! Mes pieds sont pris!

ha ha

CLANK

Zut! Tu as brizé mon robot!

Mais le Panta-Robo était une machine temporelle!

Je vais fuir en reculant dans le temps!

Oh non!

Le Panta-Robo de Fifi a reculé de cinq ans.

Des délinkants ont vu le Panta-Robo et ont eu peur.

Aaaaah!

Ils ont eu si peur qu'ils sont devenus gagas!

Hein?

guili

gou gou ga ga

moi boum boum

M. Bougon a été konsidéré coupabe

Vous êtes viré!

supérieur hiérarchik

Je suis victime des circonstansses!

Donc, le futur est changé. Tout est différan.

Comme M Bougon a été viré 5 ans plus tôt...

Pourquoi?

...il n'a jamais été hynoppetizé par Georges et Harold.

?

Comme il n'a pas été hynoppetizé...

snif snif

...il n'est jamais devenu le capitaine Bobette

Comme le capitaine Bobette n'existe pas...

C'est qui?

Il n'était pas là pour sauver le monde!!!!

Qui va nous sauver?

J'sais pas.

CHAPITRE 1

GEORGES ET HAROLD

Voici Georges Barnabé et Harold Hébert. Georges, c'est le vilain zombie abruti de gauche avec une cravate et les cheveux en brosse. Harold, c'est celui de droite avec le t-shirt et l'air dépeigné. Souviens-toi de ça.

Si tu as lu notre dernière aventure, tu te souviens peut-être de la scène finale où Fifi Ti-Père se retrouve sous le pied géant du vilain zombie Harold. Tu as probablement été horrifié quand le soulier gigantesque s'est abattu sur le sol, laissant derrière lui une tache rouge visqueuse. Tu as peut-être même fait un commentaire étonné sur la présence inappropriée d'une scène meurtrière et sanglante dans un livre pour enfants. C'est amusant de se sentir offusqué, hein?

Malheureusement, je dois te dire qu'il n'y avait pas de meurtre à la fin du dernier livre. Il n'y avait même pas de sang. Ce qui s'est passé à la fin du livre était une *fausse piste*. C'est ce qui arrive quand on nous induit en erreur pour nous faire croire que quelque chose de faux est vrai. Ce genre de duperie se produit souvent dans la vie, dans des domaines comme la politique, l'histoire, l'éducation, la médecine, la publicité, la science, la religion… et l'émission d'Oprah Winfrey.

Avec toutes ces tentatives pour nous induire en erreur, la vie peut être compliquée. Mais rassure-toi, ce roman épique ne contient aucune fausse piste. Ce tome légendaire expliquera tout, de nos récentes complexités narratives jusqu'aux vastes mystères de l'univers. Quand tu arriveras au chapitre 26, tu sauras tout. Tu seras un génie! Tu seras plus brillant que le plus brillant génie de la Terre.

Bon, si on commençait?

Si tu es déjà allé au zoo, tu as peut-être remarqué que les gros animaux sont plutôt lents. Les éléphants, par exemple. Ils ne se déplacent pas très vite — même quand ils se dépêchent. Oui, ils parcourent de longues distances, mais c'est parce qu'ils sont gros. Si tu rétrécissais un éléphant à la taille d'un chat, tu serais ÉTONNÉ du temps qu'il mettrait à aller d'un endroit à un autre. Il serait si lent qu'en peu de temps, quelqu'un changerait l'histoire du lièvre et de la tortue pour « L'éléphant miniature et la tortue ».

C'est la même chose avec les vilains zombies abrutis. Oui, ils sont gros, terrifiants et tout ça, mais ils bougent trèèèèèès lentement. Alors, si un vilain zombie lève son pied au-dessus de toi avec l'intention de t'écraser, ne t'inquiète pas. Tu as quelques minutes avant d'être véritablement en danger.

Fifi s'en est aperçu dans un moment de terreur. Quand le zombie Harold a levé son pied au-dessus de sa tête, Fifi a poussé un cri d'horreur. Puis il a crié encore. Et encore... Puis il a regardé sa montre et a encore crié.

Finalement, comme sa voix était un peu enrouée avec tous ces cris, il s'est levé et a marché jusqu'à un des rares magasins qui restaient sur la planète pour acheter des pastilles pour la gorge à la cerise.

Pendant qu'il était là, il a acheté un nouvel habit et un nœud papillon, a feuilleté un magazine et s'est fait masser les pieds. En sortant du magasin, il a vu un sachet de ketchup grand format en solde. Il l'a acheté et l'a traîné jusqu'à la scène du crime. Le pied du zombie Harold était toujours en train de descendre lentement quand Fifi a placé le sachet de ketchup dessous, avant de s'éloigner.

Fifi est remonté dans son Panta-Robo juste
au moment où le pied du zombie Harold s'est
posé par terre et a écrasé le sachet de ketchup
grand format. Une grosse tache rouge s'est
étalée sous le soulier zombifié, pendant que
le Panta-Robo disparaissait dans un éclair
foudroyant. Tu vois, Fifi avait accidentellement
causé des problèmes la dernière fois qu'il avait
reculé dans le temps, alors il devait y *retourner*
pour rectifier la situation.

Mais avant que je te raconte cette histoire, je
dois t'avertir…

CHAPITRE 2

UN PEU DE SÉRIEUX, LES AMIS!

As-tu déjà remarqué que les adultes détestent quand les jeunes s'amusent? Sérieusement, quelle est la dernière fois où tu a fait quelque chose d'amusant et qu'un adulte est venu te dire d'arrêter? Si tu es comme la plupart des enfants, tu lis probablement ce livre parce qu'un adulte t'a dit d'arrêter de jouer à des jeux vidéo ou de regarder la télé.

Si tu ne me crois pas, fais cette expérience : rassemble quelques-uns de tes amis, allez dans le coin d'une pièce et commencez à faire les idiots. Riez, criez et lancez un ou deux « ya-hou! ». Il est scientifiquement prouvé que 89,4 % des adultes lâcheront tout pour aller vous empêcher de faire des « bêtises ».

C'est à se demander pourquoi la plupart des adultes se comportent ainsi. N'ont-ils jamais été des enfants? N'ont-ils pas, *eux aussi,* aimé rire, crier et faire les idiots quand ils étaient jeunes? Si oui, quand ont-ils arrêté? Et pourquoi?

Bon, je ne peux pas parler au nom de *tous* les adultes, mais je vais le faire de toute façon.

Je pense qu'il est plus facile pour les adultes d'étouffer le plaisir de quelqu'un d'autre que de réfléchir à leur propre vie pour comprendre où tout a dérapé. C'est trop déprimant de penser à ces décennies de compromis, d'échecs, de paresse, de peur et de mauvais choix qui ont transformé peu à peu des enfants heureux, gambadeurs et rieurs en grognons susceptibles qui se plaignent, comptent les calories et exigent le silence.

Autrement dit, il est plus difficile de faire de l'introspection que de crier : « HÉ, LES ENFANTS, *ARRÊTEZ ÇA!* »

Sachant cela, tu ne devrais peut-être pas rire ni sourire en lisant ce livre. Et quand tu parviendras aux Tourne-o-rama, je te suggère de tourner les pages d'un air ennuyé et désintéressé, sinon un adulte t'enlèvera ce livre et t'obligera à lire une histoire ennuyante à la place.

Je t'ai prévenu, tu ne pourras pas dire le contraire.

CHAPITRE 3

FIFI RETOURNE DANS LE PASSÉ

Fifi Ti-Père est dans le pétrin. Il a reculé de cinq années dans le temps, et a accidentellement effrayé quatre brutes. Cette erreur irréfléchie a mis en branle une série d'événements qui ont mené au renvoi de M. Bougon. Et comme il n'y a plus de M. Bougon, il n'y a plus de capitaine Bobette. Comme il n'y a plus de capitaine Bobette, il n'y a plus personne pour sauver le monde de la terrible dévastation causée par les méchants de nos trois premiers romans épiques.

Il n'y a qu'une chose à faire : Fifi doit retourner dans le passé et s'empêcher lui-même de faire peur aux quatre brutes. Pour ce faire, il doit reculer dans le temps *avant* la dernière fois où il est allé dans le passé.

Fifi règle donc son Fifi-omètre temporel dix minutes AVANT le moment où il était arrivé dans le passé la dernière fois, et appuie sur le bouton « On y va! ».

Après plusieurs secondes d'effets spéciaux du genre conçus pour la télé, Fifi est transporté vers l'horrible nuit du terrifiant orage. Tout lui semble familier. Il sait que d'un moment à l'autre, les quatre délinquants vont sortir en courant de l'école et traverser le terrain de football. Ils vont arriver face à face avec lui (en fait, une version légèrement plus *jeune* de lui-même) et lui seul peut empêcher que la catastrophe se produise.

Fifi se cache derrière un mur de l'école et attend pendant que le vent hurle férocement. Soudain, un éclair éblouissant frappe un fil électrique non loin de là. L'école n'a plus de courant; toutes les fenêtres de l'école s'assombrissent.

Fifi écoute attentivement. Il perçoit des cris, des claques et des coups. On dirait qu'une terrible lutte se livre à l'intérieur de l'école. Puis la porte s'ouvre et les quatre garçons terrifiés surgissent. Ils se précipitent vers le terrain de football. Fifi doit agir, et vite!

Il braque son Paralyseur 4000 sur les délinquants en fuite et les couvre d'une montagne miniature de glace moléculairement modifiée.

SORTIE

Les quatre garçons sont figés sur place. Fifi
les scrute avec son moniteur de signes vitaux
et constate qu'ils sont parfaitement préservés.
La glace infusée de carbonite et de tibanna a
été programmée pour demeurer solide quinze
minutes — juste le temps d'accomplir sa
mission.

Il se tourne vers le terrain de football, où
une boule de foudre bleutée est en expansion.
Tout à coup, elle explose dans une salve d'éclairs
aveuglants.

À l'endroit où se trouvait la boule de foudre se tient maintenant un pantalon robotique géant.

— Fiou! Je l'ai échappé belle! dit une voix à l'intérieur du Panta-Robo. Le capitaine Bobette est beaucoup plus fort que je pensais!

La fermeture éclair du pantalon temporel s'ouvre et un petit homme en sort pour observer le monde d'il y a cinq ans.

À sa grande surprise, il aperçoit une copie identique de lui-même qui le regarde en tapant de *son* pied robotique avec impatience.

— Qui es-*tu*? demande le Fifi nouvellement arrivé.

— Je suis *TOI*! crie le Fifi du futur. Toi qui vient du futur!

— Qu'est-ce qui se passe? demande Fifi.

— Je suis ici pour t'empêcher de faire peur à ces garçons! dit Fifi du futur en désignant les brutes congelées.

— Pourquoi? demande Fifi. Qu'est-ce qu'ils ont d'important, ces gamins?

— Aucune idée, dit Fifi du futur. Tout ce que je sais, c'est que je leur ai fait peur en venant ici la dernière fois, et cela a causé une réaction en chaîne qui a provoqué la destruction de la Terre!

— Je vois, dit Fifi. Alors, qu'est-ce qu'on fait?

Fifi du futur regarde sa montre.

— Ces garçons vont fondre dans huit minutes et onze secondes. On doit être partis avant!

Il fouille dans l'habitacle de son Panta-Robo et prend l'une de ses premières inventions, le Rétréciporc 2000. Il le dirige vers la version plus jeune de lui-même et appuie sur le bouton.

BLLLLLLZZZRRRK!

Un puissant faisceau d'énergie terrasse le Fifi nouvellement arrivé et son Panta-Robo, les rétrécissant à la taille d'une balle de baseball.

Grand Fifi se baisse et ramasse la petite version de lui-même.

— Pourquoi as-tu fait ça? crie Mini Fifi.

— Il ne peut pas y avoir DEUX copies de moi-même qui se baladent par ici, dit Grand Fifi. Je dois t'avoir à l'œil.

Il le met dans la poche de son veston et regarde sa montre.

— Quatre minutes et seize secondes, marmonne-t-il.

Il regarde les quatre brutes coincées dans la montagne de glace. Il règle son Fifi-omètre temporel sur une date du futur. Le temps presse. La glace commence à se fendiller autour des quatre délinquants. Fifi se rue vers le centre-ville, appuie sur le bouton « On y va! » et disparaît dans une boule de foudre bleutée.

Deux secondes plus tard, le monticule de glace qui retenait les brutes se désintègre. Sans sourciller, les quatre délinquants effrayés continuent leur course folle.

Pendant qu'ils traversent le terrain de football et courent vers leurs maisons, quelque chose change chez Bruno et ses amis. Ils ne seront plus jamais les ignobles brutes qu'ils étaient auparavant.

CHAPITRE 4

RECTIFIER LE FUTUR

Grand Fifi a réglé son Fifi-omètre temporel pour un après-midi ensoleillé d'octobre, quatre ans dans le futur. Il arrive, comme d'habitude, dans une grosse boule de foudre bleutée qui grossit, grossit, jusqu'à exploser dans une salve d'éclairs aveuglants.

— Que se passe-t-il? crie Mini Fifi. Je ne vois rien!

— CHHHHUT! dit Grand Fifi en le repoussant dans le fond obscur de sa poche de veston.

Grand Fifi écoute attentivement. Il entend la voix d'un enfant qui marmonne :

— Ça ne me dit rien de bon...

Fifi ouvre la fermeture éclair du Panta-Robo et sort la tête. À son grand soulagement, le monde semble comme d'habitude. Aucune destruction, pas de vilains zombies, pas de rochers lunaires. Tout semble plutôt normal.

— Hé! C'est le professeur K. K. Prout! s'écrie un garçon que Fifi reconnaît aussitôt.

Deux policiers qui sont près de là éclatent de rire, ce qui irrite Fifi.

— Arrêtez de RIRE! crie Fifi. Je ne m'appelle plus K. K. Prout. Mon nom est maintenant Fifi Ti-Père!

Les deux policiers rient de plus belle.

— Et j'ai une *surprise* pour ceux qui trouvent mon NOUVEAU nom ridicule! lance le professeur en colère.

Fifi appuie sur le bouton de son Paralyseur 4000, qui s'élève des entrailles du Panta-Robo. Il le règle à vingt minutes et braque le faisceau sur les policiers, qui se transforment aussitôt en statues gelées.

— Mon Paralyseur 4000 s'occupera de tous ceux qui se mettent dans mon chemin! dit Fifi avec un sourire démoniaque. L'heure de la *vengeance* a sonné!

— OH NON! crie Georges.

— VL'À QUE ÇA RECOMMENCE! hurle Harold.

Fifi pourchasse Georges, Harold et leurs animaux, Biscotte et Sulu, partout dans la ville. Il braque son Paralyseur 4000 dans leur direction en riant comme un maniaque. La poursuite dure tout l'après-midi et une partie de la nuit. Les quatre amis se dissimulent derrière des édifices, dans des poubelles, sous des ponts et même dans les égouts. Mais peu importe où ils se cachent, Fifi Ti-Père les trouve toujours.

Le lendemain matin, nos héros ont trouvé
refuge derrière des buissons, près du parc.

— Qu'allons-nous faire? chuchote Georges.
Il n'y a pas d'autre endroit où se cacher!

— Je ne sais pas, murmure Harold.

Georges et Harold regardent leurs animaux
qui frissonnent dans la brume matinale.

— On *ne* va *pas* s'en sortir, chuchote
Georges. Mais il n'y a pas de raison que Biscotte
et Sulu souffrent eux aussi.

Les yeux d'Harold se remplissent de larmes.

— Tu as raison.

Ils flattent tristement leurs animaux en
élaborant un plan pour retourner à l'époque des
dinosaures.

— On pourrait utiliser le p'tit coin mauve
pour ramener Biscotte chez lui, là où on l'a
trouvé, dit Georges.

— Ouais, dit Harold. Et Sulu pourrait rester avec lui. Ils seraient en sécurité, là-bas!

Dès que la voie est libre, les quatre amis se faufilent hors des buissons et se dirigent vers l'école Jérôme-Hébert, en évitant soigneusement les rues et les intersections très fréquentées. Il est presque midi quand ils atteignent l'école. Ils se glissent discrètement à l'intérieur et s'élancent vers l'escalier qui mène à la bibliothèque.

— *HÉ, LES JEUNES!* crie M. Bougon d'un air irrité. D'OÙ VENEZ-VOUS COMME ÇA?

Georges et Harold voient que M. Bougon transporte une grosse boîte de carton.

— *EH BIEN?* crie-t-il. DESCENDEZ ET VENEZ VOUS EXPLIQUER!

Les deux garçons regardent leurs animaux et continuent de monter l'escalier au pas de course.

M. Bougon est
FURIEUX. Sa journée
n'a pas bien commencé.
Les rideaux de son bureau ont
étrangement disparu, ce qui l'a irrité.
Il est allé au magasin, a acheté une boîte
de rideaux, s'est disputé avec la caissière, a
eu une crevaison en rentrant, et maintenant,
ces élèves absentéistes ramènent des *animaux*
dans l'école, *ignorent* ses ordres et *courent* dans
l'escalier.

— REVENEZ ICI TOUT DE SUITE! crie-t-il
en pourchassant les quatre amis affolés.

Georges, Harold, Biscotte et Sulu montent
les marches quatre à quatre, se précipitent dans
la bibliothèque et verrouillent la porte derrière
eux.

Une fois là, ils aperçoivent leur vieil ennemi capricieux, le p'tit coin mauve. Le moins qu'on puisse dire, c'est que cette machine temporelle a quelques excentricités. Nos héros s'en approchent prudemment.

— Te souviens-tu comment il fonctionne? demande Harold.

— Bien sûr, dit Georges. On l'a utilisé hier matin! Tout ce que je dois faire, c'est régler le bouton de contrôle à soixante-cinq millions d'années plus tôt, et tirer la chasse d'eau. C'est simple comme bonjour!

À cet instant, M. Bougon essaie d'ouvrir la porte de la bibliothèque. Les garçons entendent un traînement de pieds, puis un cliquetis de clés.

— Déguerpissons! crie Georges.

Les quatre amis entrent dans le p'tit coin mauve et Georges ferme la porte. Au même moment, M. Bougon entre en coup de vent dans la bibliothèque avec sa boîte de rideaux rouges. Il court vers le p'tit coin mauve et frappe à grands coups de poing sur la porte.

— JE SAIS QUE VOUS ÊTES LÀ-DEDANS! VOUS NE POUVEZ PAS RESTER LÀ ÉTERNELLEMENT!

— Vite! crie Harold pendant que Georges tripote le bouton de contrôle. Il faut partir d'ici!

— Je me dépêche! réplique Georges.

Tout à coup, une énorme ombre s'abat sur
la bibliothèque. M. Bougon se retourne et voit
un gigantesque pantalon robotique devant
la fenêtre. La fermeture éclair s'ouvre et Fifi
Ti-Père sort la tête de l'ouverture caverneuse.

— JE VOUS AI, MAINTENANT! crie-t-il. HA!
HA! HA!

Fifi appuie sur le bouton du Paralyseur 4000
et M. Bougon se recroqueville de terreur.

Au même instant, Georges finit de régler
le bouton de contrôle à soixante-cinq millions
d'années plus tôt. Il tire la chasse d'eau.

Un brillant éclair de lumière verte jaillit, et le p'tit coin mauve (ainsi que M. Bougon et sa boîte de carton) disparaît dans un tourbillon d'ozone électrifié.

CHAPITRE 5

LA LOURDE TÂCHE DE FIFI TI-PÈRE

— ZUT! s'écrie Fifi en voyant disparaître le p'tit coin mauve. Ces enfants ont une machine temporelle, et je ne sais pas où ils sont allés!

— Qu'est-ce qui se passe? s'écrie Mini Fifi des profondeurs de sa poche. Je ne vois rien!

— Ces enfants sont partis dans une machine temporelle, dit Grand Fifi à sa version miniature. Et ils ont emmené le capitaine Bobette avec eux!

— Où sont-ils allés? demande Mini Fifi.

— Comment le saurais-je? réplique Grand Fifi.

— Hé! J'ai une idée! dit Mini Fifi. Si *je* reculais dans le temps pour le découvrir?

— Bonne idée, petit moi! dit Grand Fifi.

Il sort Mini Fifi de sa poche et le dépose dans la bibliothèque.

— Retourne dix minutes en arrière et écoute tout ce qu'ils disent. Et quand j'arriverai, dis-moi où ils sont allés!

— Compris! dit Mini Fifi.

Il règle son Fifi-omètre temporel à « dix minutes plus tôt », et disparaît dans un éclair bleuté.

Mini Fifi arrive au même endroit d'où il est parti, mais dix minutes plus tôt. Il entend des pas dans l'escalier et décide de se cacher derrière une poubelle. Georges, Harold et leurs animaux entrent dans la pièce et verrouillent la porte.

Mini Fifi les observe pendant qu'ils s'approchent de la toilette temporelle sur la pointe des pieds.

— Te souviens-tu comment il fonctionne? demande Harold.

— Bien sûr, dit Georges. On l'a utilisé hier matin! Tout ce que je dois faire, c'est régler le bouton de contrôle à soixante-cinq millions d'années plus tôt, et tirer la chasse d'eau. C'est simple comme bonjour!

— AH, AH! marmonne Mini Fifi. Ils retournent à l'ère mésozoïque!

Mini Fifi regarde les quatre amis entrer dans la machine temporelle et fermer la porte. Il observe M. Bougon entrer dans la bibliothèque et frapper à la porte du p'tit coin mauve. Puis il se voit lui-même (format géant) apparaître à la fenêtre.

— JE VOUS AI, MAINTENANT! crie Grand Fifi. HA! HA! HA!

Un brillant éclair de lumière verte jaillit et le p'tit coin mauve disparaît dans un tourbillon d'ozone électrifié (ainsi que M. Bougon et sa boîte de carton).

— ZUT! crie Fifi en voyant disparaître le p'tit coin mauve. Ces enfants ont une machine temporelle, et je ne sais pas où ils sont allés!

— Moi, je le sais, dit Mini Fifi en sortant de derrière sa cachette.

— Qui es-tu? demande Grand Fifi.

— Je suis Mini Fifi! répond Mini Fifi.

— C'est impossible, dit Grand Fifi. Mini Fifi est ici!

Il met la main dans sa poche et sort la version miniature de lui-même, qui ne cesse de se plaindre qu'il ne peut rien voir.

— Je suis dix minutes plus vieux que ce type, dit Mini Fifi. Tu m'as envoyé dans le passé pour que je découvre où sont allés ces garçons.

— Oh, je comprends, dit Grand Fifi. Bonne idée, moi! Alors, où sont-ils allés?

— Ils ont reculé dans le passé de soixante-cinq millions d'années, dit Mini Fifi.

— AH, AH! marmonnent Grand Fifi et Mini Fifi junior en même temps. Ils sont retournés à l'ère mésozoïque!

Grand Fifi prend Mini Fifi et le met dans sa poche avec Mini Fifi junior.

— Retournons tous à l'époque des dinosaures! Si nos calculs sont bons, nous arriverons juste avant l'arrivée du p'tit coin mauve!

CHAPITRE 6

IL Y A 65 MILLIONS D'ANNÉES

Le ciel préhistorique du midi est illuminé par plusieurs éclairs aveuglants quand le p'tit coin mauve apparaît soudainement au sommet d'un arbre primitif.

Georges et Harold ont réussi à ramener Biscotte à l'endroit où ils l'avaient trouvé. Mais lorsqu'ils ouvrent la porte du p'tit coin mauve, ils s'aperçoivent qu'ils ont aussi amené un passager clandestin.

— QU'EST-CE QUI SE PASSE ICI? hurle
M. Bougon, suspendu à une branche d'arbre.

— Oh, non! s'écrie Georges. M. Bougon
devait être trop près du p'tit coin mauve quand
on a reculé dans le temps. Il a été transporté
avec nous!

Harold tend la main à M. Bougon.

— Qu'est-ce qui pourrait arriver de pire?
s'exclame-t-il.

Au même moment, l'arbre se met à trembler.
BOUM! BOUM! BOUM!

Georges et Harold baissent les yeux et voient
le Panta-Robo de Fifi qui donne des coups de
pied au tronc d'arbre.

— Qu'est-ce qu'il fait ici, *LUI*? s'exclame
Harold.

— Je ne sais pas, dit Georges, mais je pense
qu'on va tomber!

Les puissants coups de pied se multiplient et l'arbre tremble dangereusement. Soudain, le p'tit coin mauve glisse et se renverse.

— On est FICHUS! hurle Harold.

Le p'tit coin mauve se fend et se fissure en dégringolant le long du tronc. M. Bougon tombe lui aussi, en heurtant chaque branche au passage. Puis le p'tit coin mauve frappe violemment le sol et se brise en mille morceaux.

M. Bougon tombe sur le sol, mais constate avec étonnement qu'il n'est pas blessé.

Grand Fifi donne des coups de pied dans les débris du p'tit coin mauve, mais ne peut trouver aucune trace de Georges, Harold et leurs animaux.

— Où sont-ils passés? demande-t-il.

— Regarde! Là-haut! crient les deux Mini Fifi dans sa poche.

Biscotte a attrapé Georges, Harold et Sulu à la dernière seconde.

— Bravo, Biscotte! s'écrie Georges. Tu nous as sauvés!

— PAS POUR LONGTEMPS! hurle Grand Fifi, qui les toise d'un air grognon du haut du Panta-Robo.

Georges et Harold observent M. Bougon, qui se demande encore comment il a pu tomber de vingt mètres sans se blesser. Les deux garçons claquent des doigts.

Aussitôt, un sourire optimiste éclaire le visage de M. Bougon. Il enlève immédiatement ses chaussures et ses chaussettes. Il défait sa cravate et arrache sa chemise. Il prend un rideau rouge dans la boîte et se l'attache autour du cou en se tortillant pour retirer son pantalon.

Le capitaine Bobette est DE RETOUR! Fifi Ti-Père et ses deux mini jumeaux vont vivre la pire bataille de leur vie!

CHAPITRE 7
DEUX MINI TRAÎTRES

Georges et Harold courent dans le feuillage touffu de la jungle, suivis de Biscotte et Sulu qui volent au-dessus d'eux.

Le capitaine Bobette décide de les accompagner, juste pour s'amuser.

Grand Fifi saute sur le dos d'un tyrannosaure qui passait par là et se lance à leur poursuite.

— VOUS NE POURREZ PAS COURIR ÉTERNELLEMENT! crie-t-il. Quand je vais vous attraper, je vais vous mettre en pièces!

— On peut t'aider? demandent les deux Mini Fifi, toujours blottis dans sa poche.

— NON! crie ce dernier. Vous deux, restez tranquilles pendant que je m'occupe de ce problème. C'est un travail pour un *HOMME*, pas pour deux petits minus comme vous!

Pendant qu'il poursuit sa course folle, les deux Mini Fifi grommellent entre eux.

— J'en ai assez de me faire donner des ordres par ce grand crétin! dit Mini Fifi.

— Moi aussi! renchérit Mini Fifi junior. Il se croit important juste parce qu'il est ÉNORME!

— Si j'avais mon Oiegrandisseur 4000, je pourrais me faire grossir, dit Mini Fifi.

— Je me disais justement la même chose, dit Mini Fifi junior. Malheureusement, on l'a rangé dans la partie supérieure du Panta-Robo que le capitaine Bobette a détruite au chapitre huit de notre dernier roman épique!

— Hé! dit Mini Fifi. Si on reculait, heu… avançait dans le temps jusqu'au chapitre huit de notre dernier roman épique? On pourrait prendre l'Oiegrandisseur 4000 et devenir *GIGANTESQUES*!

— J'aime bien ta façon de penser! dit Mini Fifi junior.

Alors, pendant que Grand Fifi poursuit tout le monde dans la jungle périlleuse du crétacé, les deux Mini Fifi règlent leurs Fifi-omètres temporels vers le soir de la grande bataille du chapitre huit de notre dernier roman épique. Grand Fifi est si absorbé par la poursuite de nos héros qu'il ne remarque pas les éclairs bleutés miniatures qui émanent de sa poche. Les deux sosies perfides disparaissent dans une bouffée de troposphère primitive.

CHAPITRE 8

MISSION IMPROBABLE

Les deux Mini Fifi avancent instantanément dans le temps et se retrouvent plongés jusqu'aux genoux dans une matière crémeuse à saveur de guimauve et de noix de coco.

— Mon chéri? dit une mère qui est en train de mettre la table pour le souper. Deux petits pantalons se promènent dans notre salade d'ambroisie!

— *Vraiment*? rétorque son fils. Et c'est *moi* qui dois consulter un psy?

Mini Fifi et Mini Fifi junior sortent du
bol en secouant les morceaux d'ananas et de
mandarines collés à leurs jambes. Puis ils
sautent par terre et se glissent par la fente de la
boîte aux lettres.

Dehors, ils entendent les terribles bruits de
la bataille que se livrent le capitaine Bobette
et Grand Fifi. Les deux mini Fifi courent vers
le vacarme. Lorsqu'ils arrivent au terrain de
football, le capitaine Bobette commence tout
juste à tirer les bras du Combi-Robot de Fifi.

Les rivets de l'épaisse ceinture d'acier se mettent à sauter un à un. Plus le capitaine Bobette tire, plus les deux parties du Combi-Robot se séparent. Le Combi-Robot finit par se briser en deux dans un terrible *CLANK*!

Mini Fifi et Mini Fifi junior courent vers l'endroit où le capitaine Bobette a laissé tomber la partie supérieure du Combi-Robot. Ils fouillent dans le métal tordu jusqu'à ce qu'ils trouvent l'Oiegrandisseur 4000.

À l'extérieur, ils entendent le bruit de Grand Fifi qui se projette dans le passé. Un éclair aveuglant illumine le ciel nocturne pendant que les deux Mini Fifi sortent l'Oiegrandisseur 4000 des débris et traversent le stationnement en l'emportant.

Ils arrivent bientôt à une rue sombre à l'arrière de vieux entrepôts.

— Bon, dit Mini Fifi. Tu me zappes, puis je te zappe!

— Hé! proteste Mini Fifi junior. Pourquoi ce serait *toi* en premier?

— Parce que je suis un peu plus vieux que toi, dit Mini Fifi. Et un peu plus mature!

— Bon d'accord , dit Mini Fifi junior, qui ne peut nier le fait que Mini Fifi est dix minutes plus mature que lui. Faisons-le, qu'on en finisse!

Il braque l'Oiegrandisseur 4000 sur Mini Fifi et saute sur le bouton.

Avant de pouvoir dire « GGLLUUZZZRRRT! », un faisceau lumineux enveloppe Mini Fifi, le faisant grandir de dix mètres.

— Encore! dit Mini Fifi.

— D'accord, dit Mini Fifi junior. Mais après, c'est mon tour, hein?

— Oui, oui! dit Mini Fifi. C'est promis!

GGGGLLUUZZZZZZZZRRRRT! Un nouveau rayon est projeté sur lui. Cette fois, il mesure vingt mètres.

— HA! HA! HA! ricane-t-il. JE SUIS MAINTENANT SUPER MÉGA FIFI!

— C'est mon tour! crie Mini Fifi junior.

Super Méga Fifi se penche et s'empare de l'Oiegrandisseur 4000. Il le range dans le porte-gobelet du tableau de bord et envoie la main à Mini Fifi junior.

— HÉ! s'exclame ce dernier. Et MOI?

— Désolé, dit Super Méga Fifi. C'est un travail pour un *HOMME*, pas pour un petit minus comme toi!!!

CHAPITRE 9

ENTRE-TEMPS, SEPT PAGES PLUS TÔT...

Soixante-cinq millions d'années plus tôt, Grand Fifi pourchasse nos héros jusqu'au bord d'une falaise qui surplombe un lac. Biscotte saisit Georges et Harold par le collet, et ils s'envolent de la falaise pour aller rejoindre le capitaine Bobette dans les nuages.

Le tyrannosaure de Grand Fifi freine brusquement au bord de la falaise et rugit férocement en direction de nos cinq amis volants.

— On a gagné! lance le capitaine Bobette à Grand Fifi. Maintenant, c'est à nous de te poursuivre!

— Ce n'est pas un *jeu*! crie Grand Fifi. C'est *sérieux*!

Il saute du cou du tyrannosaure et attrape le capitaine Bobette avec son Mécani-bras Extenso-Flex robotique breveté. Ils tombent tous deux de trois cents mètres, jusqu'au lac en contrebas.

Quand ils émergent des profondeurs du lac, quelque chose a changé. Fifi est toujours aussi méchant et rouspéteur qu'avant, mais le capitaine Bobette semble différent.

— QU'EST-CE QUI SE PASSE ICI? rugit le héros en colère.

— OH NON! s'écrie Georges. Le capitaine Bobette a eu de l'eau sur la tête! Il est redevenu M. Bougon!

— Vite, Biscotte! dit Harold. Emporte-nous en bas le plus vite possible!

Biscotte plane jusqu'à la violente échauffourée en contrebas. Les deux garçons s'empressent de claquer des doigts.

Mais en vain. La tête de M. Bougon est toujours trempée, et il ne peut donc pas se transformer en capitaine Bobette.

— Tiens, tiens, je viens de comprendre! s'exclame Grand Fifi. Le capitaine Bobette se transforme en vieux directeur d'école primaire bougon chaque fois qu'il est mouillé!

— Laissez-le tranquille! crie Georges en continuant de claquer des doigts pour rien.

— Ouais! crie Harold. Ce n'est pas une lutte équitable!

— C'est sûrement le superhéros le plus *FACILE* à battre! ricane Grand Fifi d'un air incrédule. Je pourrais le détruire avec un *PISTOLET À EAU!*

Tout à coup, un éclair aveuglant illumine les alentours. Puis ils entendent des bruits de pas. Des pas terribles, tumultueux, assourdissants qui font trembler la Terre à chaque enjambée. Une ombre gigantesque s'étend sur le lac. Grand Fifi lève les yeux.

Il voit Super Méga Fifi.

Il regarde rapidement dans sa poche. Elle est vide.

— D'où viens-tu? s'écrie-t-il. Comment es-tu devenu si gros? Et où est l'autre?

— Tout cela n'a aucune importance, dit Super Méga Fifi. Ce qui est important, c'est qui prend les décisions, à présent!

— Hé, tu ne croiras jamais ça! dit Grand Fifi en ignorant son double diabolique. Je viens d'apprendre que si on arrose le capitaine Bobette, il perd ses superpouvoirs!

— Son point faible, c'est *L'EAU*? dit Super Méga Fifi. *Vraiment*?

— Je sais! s'écrie Grand Fifi. Je n'arrivais pas à y croire, moi non plus. Je vais le supprimer, et ensuite, on pourra partir d'ici et aller régner sur le monde et tout ça!

— Ce n'est pas toi qui vas le supprimer, dit Super Méga Fifi. C'est moi!

— Une minute, l'ami, dit Grand Fifi. Je l'ai attrapé, alors je vais le supprimer!

— Ah ouais? réplique Super Méga Fifi avec un grognement qui fait frémir la surface du lac. Je suis plus grand que toi, alors c'est moi qui décide qui supprime qui!

Il fait un énorme pas vers Grand Fifi et avance son Mécani-bras Extenso-Flex robotique.

— Pas si vite! crie Grand Fifi.

Il appuie sur un bouton du tableau de bord, ce qui a pour effet d'abaisser l'arrière du pantalon robotique. Un énorme bras métallique surgit du Robo-Derrière géant, révélant une bombe thermonucléaire de quarante tonnes.

— Si tu fais un pas de plus, je nous fais exploser en mille morceaux!

— Tu oublies quelque chose! s'écrie Super Méga Fifi. J'ai une bombe, moi aussi! Et elle est bien plus GROSSE que la tienne!

Super Méga Fifi fait un pas en avant, et Grand Fifi appuie sur le bouton.

Un témoin lumineux rouge se met à clignoter sur la paroi de la bombe. Une voix électronique émane du système d'armement de la bombe et commence le décompte :

« **Cette bombe explosera dans soixante secondes.** »

— TU… TU AS *APPUYÉ SUR LE BOUTON*? hurle Super Méga Fifi d'un air incrédule. JE NE PEUX PAS CROIRE QUE TU AIES *VRAIMENT* FAIT ÇA!

— Je m'en fous! crie Grand Fifi. Je prépare ma revanche depuis des années! Je ne vais pas te laisser me priver de ce moment! Je m'en fous si je meurs aussi!

« **Cette bombe explosera dans quarante-cinq secondes** », dit la bombe.

— On ne peut pas désamorcer ces bombes, tu sais! dit Super Méga Fifi. Une fois que le décompte est commencé, c'est *FINI*!

— Je te l'ai dit, je m'en fous! dit Grand Fifi. Je veux juste être celui qui va ENFIN SUPPRIMER LE CAPITAINE BOBETTE!

Super Méga Fifi avance un Mécani-bras
Extenso-Flex robotique et libère M. Bougon
avec des ciseaux.

— HÉ! proteste Grand Fifi. Que fais-tu?

— Il est à MOI! répond Super Méga Fifi en
soulevant son pied.

— Et moi? demande Grand Fifi. Et ma
bombe?

— Ta bombe, c'est ton problème! répond
Super Méga Fifi en projetant Grand Fifi dans
les airs d'un puissant coup de pied.

CHAPITRE 10

CE QUI A *VRAIMENT* TUÉ LES DINOSAURES

— Nooooooon! crie Grand Fifi en s'envolant vers les nuages à une vitesse vertigineuse.

« **Cette bombe explosera dans trente secondes** », dit la bombe.

Grand Fifi survole l'Amérique du Nord et file
à toute vitesse dans la stratosphère.

« Cette bombe explosera dans quinze
secondes », dit la bombe.

Grand Fifi perd de l'altitude en approchant
du golfe du Mexique.

« Cette bombe explosera dans cinq secondes »,
dit la bombe.

« 4... 3... 2... 1... »

Finalement, Grand Fifi amerrit au large de la côte de la péninsule du Yucatan dans un éclaboussement colossal (voir ci-dessous).

PLOUF!

L'explosion massive qui s'ensuit creuse un cratère de vingt-cinq kilomètres de profondeur et d'un diamètre de plus de quatre-vingt-quinze kilomètres. De terribles séismes secouent la planète entière et un gigantesque tsunami provoque une vague géante qui balaie les continents.

— Qu'est-ce qui se passe? s'écrie Georges.

— C'est cette satanée bombe nucléaire! crie Super Méga Fifi. Elle vient de déclencher la fin de l'ère cénozoïque. L'*extinction* me guette si je ne déguerpis pas d'ici!

Il s'empresse de régler son Fifi-omètre temporel à 64 793 216 années dans le futur, et appuie sur le bouton « On y va! ».

De gigantesques éclairs surgissent du
Panta-Robo de Super Méga Fifi, qui est bientôt
enveloppé d'une boule de lumière bleue.

Une épaisse couche de cendres volcaniques
commence à cacher le soleil.

— Vite, Biscotte! crie Harold. Vole vers la
lumière bleue! C'est notre seule chance de
survie!

Biscotte tourne son long cou reptilien en
direction de la sphère crépitante, et les quatre
amis s'envolent vers l'aveuglante lumière bleue.

CHAPITRE 11

IL Y A 206 784 ANNÉES

Un éclair aveuglant illumine le ciel brumeux d'un après-midi du pléistocène. Le lac d'un bleu cristallin qui était là autrefois a disparu. À sa place se trouve une vaste savane qui s'étend en direction de collines boisées et de cavernes rocheuses. Tout est calme. On n'entend que des bruits d'insectes et d'oiseaux, et un faible son de tambour au loin, dans la forêt.

— Où sommes-nous? demande Georges.

— Je crois que la question devrait être : *quand* sommes-nous? réplique Harold.

Super Méga Fifi est surpris de voir Georges, Harold, Biscotte et Sulu.

— Tiens, tiens! dit-il. On dirait que j'ai quatre passagers clandestins.

Ce qu'il ne sait pas encore, c'est qu'il a un *cinquième* passager clandestin. C'est Mini Fifi junior qui, en ce moment même, est en train de gravir un bouton de sa chemise.

— Ce *Stupide* Méga Fifi croit qu'il peut me mentir et s'en tirer comme ça, dit Mini Fifi junior en sautant sur le tableau de bord. Je vais lui donner une leçon dont il se souviendra longtemps!

Il soulève un panneau d'aluminium et se glisse dans un conduit menant aux entrailles électriques du tableau de bord.

Il commence par inverser la polarité de l'Inhibiteur de sossilflange émulsifiant. Ensuite, il inverse les fils bleus et verts du Tracto-fractionnalisateur inversement somgobulisant. Enfin, il coupe tous les fils du bouton d'arrêt du Paralyseur 4000.

— Ha, ha, ha! ricane Mini Fifi junior. La prochaine fois que ce gros crétin utilisera le Paralyseur 4000, il aura une GROSSE SURPRISE!

Entre-temps, le drame se corse à l'extérieur. Super Méga Fifi essaie de frapper nos héros qui planent courageusement dans le ciel ionien. Biscotte réussit adroitement à éviter le Mécani-bras Extenso-Flex robotique en décrivant de multiples boucles et piqués.

Super Méga Fifi s'impatiente, et finit par sortir *deux* autres Mécani-bras Extenso-Flex robotiques. Le pauvre Biscotte ne peut pas tous les déjouer, et les quatre amis se font bientôt capturer.

— JE VOUS AI, MAINTENANT! crie Super Méga Fifi.

— Hé, REGARDEZ! crie Georges en désignant le sol derrière Super Méga Fifi. Il y a des hommes des cavernes là-bas!

— Je ne vais pas tomber dans ce panneau! dit Super Méga Fifi. Si je me retourne, vous allez essayer de vous échapper!

— NON, SÉRIEUSEMENT! crie Harold. C'est vrai! Regardez derrière vous!

Super Méga Fifi jette un coup d'œil derrière lui et constate que les garçons ont dit vrai. Debout à l'orée de la forêt, une douzaine d'hommes des cavernes le contemplent avec perplexité et stupeur.

— Les garçons, vous ne devriez pas être surpris de voir des hommes des cavernes, dit Super Méga Fifi en observant les étranges hommes préhistoriques. Nous sommes au milieu du pléistocène. C'est environ l'époque où les premières familles humaines sont apparues sur Terre! Je parie que vous ne saviez pas ça, mes jeunes abrutis?

Il se retourne pour adresser un sourire hautain aux garçons, mais évidemment, ils ont disparu. Sulu a grugé trois des Mécani-bras Extenso-Flex robotiques, et les quatre amis se sont envolés.

— *NOOOOOOON*! hurle Super Méga Fifi en tapant de son pied robotique dans sa frustration.

Les hommes des cavernes sursautent et s'enfuient en criant vers leurs demeures au cœur de la forêt.

Super Méga Fifi arrache quelques lianes et
attache M. Bougon à un rocher sous une chute.

— Tiens! ricane-t-il. Cela devrait te garder
bien humide et impuissant jusqu'à mon retour!

Puis il se précipite vers la forêt, à la
recherche de Georges, Harold et de leurs
animaux.

CHAPITRE 12

HOMMES DES CAVERNES À LA RESCOUSSE!

— Comment va-t-on sortir de *CE* pétrin? demande Harold.

— Je ne sais pas, répond Georges. Mais on a besoin de Fifi Ti-Père pour rentrer à la maison!

— Tu veux rire? dit Harold. On ne peut pas lui faire confiance. Il ne peut même pas se faire confiance à *lui-même*!

— Je sais, dit Georges. Mais Fifi a une machine temporelle, et pas nous. Il faut absolument le vaincre!

— Il va falloir une armée pour vaincre ce type, dit Harold.

— Alors, allons chercher une armée, dit Georges.

94

Les quatre amis planent silencieusement au-dessus des plaines herbeuses, en suivant le son des tambours. Ils arrivent bientôt à la forêt.

Les battements de tambour sont de plus en plus distincts. Biscotte descend en piqué et atterrit derrière des buissons, près des cavernes. De l'autre côté se trouve le village des gens des cavernes.

Georges, Harold, Biscotte et Sulu jettent un coup d'œil au-dessus des buissons. Ils voient les hommes et les femmes des cavernes vaquer à leurs occupations. Ils semblent paisibles. Georges décide de leur adresser la parole.

— Bonjour! Nous venons en paix! dit-il. Nous sommes des amis!

Les gens des cavernes leur jettent un regard perplexe et étonné. Ils ne semblent pas comprendre.

— Peut-être qu'ils ne parlent pas notre langue, dit Harold.

— Jourbon, dit Georges (qui ne parle qu'une autre langue, le verlan). Nous nonve en paix. Nous messom des sima!

Cela ne fonctionne pas non plus.

Les gens des cavernes grognent et reniflent en toisant Georges, Harold et leurs animaux. Mais ils ne disent toujours rien.

Soudain, des bruits de pas résonnent dans la forêt. Fifi s'en vient, et chaque pas tonitruant le rapproche de plus en plus du village.

— JE SAIS QUE VOUS ÊTES LÀ! crie-t-il. Mais vous ne pouvez pas m'échapper!

Fifi se fraie un chemin parmi les arbres et s'avance dans le village en renversant des huttes et en écrasant tout sur son passage. Les gens des cavernes, terrifiés, saisissent leurs enfants et courent se réfugier au-delà du village. Georges, Harold, Biscotte et Sulu les suivent. Ils se cachent avec les villageois dans les cavernes obscures, pendant que Fifi poursuit ses ravages à l'extérieur.

Après un certain temps, des adolescents des cavernes allument un feu. La lumière vacillante danse sur les parois rocheuses pendant que les villageois gémissent et se blottissent les uns contre les autres.

— Ça alors! dit Georges. Tu parles d'une armée!

— Ce n'est pas leur faute, dit Harold. Ils ont peur parce qu'ils n'ont jamais vu de Panta-Robo.

— Si on pouvait communiquer avec eux… dit Georges. Il doit bien y avoir une façon de se faire comprendre!

Harold regarde les vastes parois rocheuses de la caverne.

— Et si on faisait des dessins?

— Bonne idée! dit Georges.

Harold s'approche du feu et prend une branche calcinée et fumante dans les braises. Puis il se dirige vers une paroi et commence à créer le premier dessin des cavernes de l'histoire.

Au début, les gens des cavernes sont ébahis. C'est la première fois qu'ils voient quelqu'un dessiner. Ils rient, montrent le dessin du doigt et sautent de joie chaque fois qu'Harold trace une nouvelle forme.

Mais quand Harold dessine Fifi et son Panta-Robo, les gens des cavernes sont effrayés. Ils grognent nerveusement et baissent la tête en signe de crainte et de soumission.

— Oh, dit Harold. Comment va-t-on les faire changer d'attitude au sujet de Fifi?

— Je sais! dit Georges. Faisons une BD sans mots. Ils devraient comprendre!

— Bonne idée! dit Harold. Allons-y!

Georges et Harold trouvent donc une échelle et commencent à créer la première BD du monde.

Les gens des cavernes observent avec enthousiasme l'histoire qui se dessine sous leurs yeux. Bientôt, leur opinion au sujet de Fifi et de son Panta-Robo commence à évoluer.

CHAPITRE 13

LA PLUS VIEILLE BD DU MONDE (AVEC OOK ET GLUK)

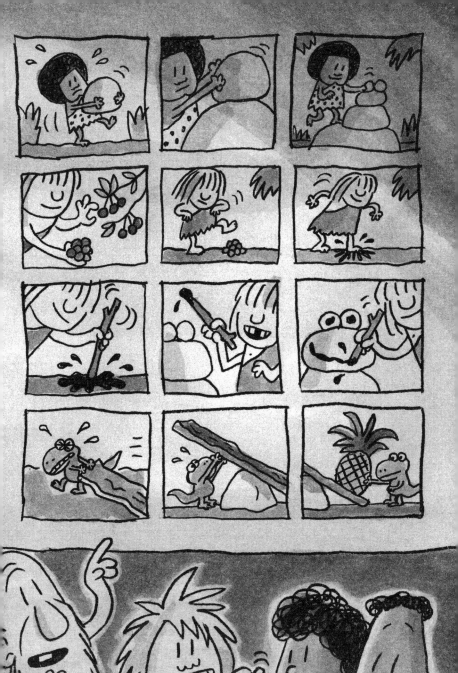

CHAPITRE 14

LE CONFLIT DES CAVERNES

Après avoir « lu » la BD de Georges et Harold, les gens des cavernes cessent d'avoir peur de Fifi et du Panta-Robo. Ils sont même inspirés.

Ils se séparent en groupes et commencent à planifier leur contre-attaque. Sous les yeux de Georges et Harold, ils prennent des bouts de charbon dans le feu pour élaborer des plans minutieux. Même s'ils ne peuvent s'exprimer que par grognements, ils comprennent tous les dessins et savent quoi faire.

Peu de temps après, les villageois se tapent dans la main et sortent par l'arrière de la caverne. Ils gravissent la colline, attachent des lianes entre les arbres, déposent des pelures de bananes sur le sol et installent des pièges à tous les endroits imaginables.

Lorsque tout est prêt, Georges, Harold et Sulu montent sur le dos de Biscotte. Ils contournent la caverne et volent jusqu'au village que Fifi s'acharne à détruire.

— Hé, FIFI! lance Georges. Où étais-tu passé? Tu es en train de tout rater!

Fifi se retourne vivement et se lance à leur poursuite. Les quatre amis le conduisent directement aux pièges des gens des cavernes.

Tout en courant, Fifi baisse les yeux et
aperçoit une liane tendue entre deux troncs
d'arbres. Il s'immobilise aussitôt.

— Ha, ha, ha! ricane-t-il. Pensiez-vous que
j'allais tomber dans ce piège minable?

Il lève les yeux au ciel, saute par-dessus la
liane…

... et atterrit sur un tas de pelures de bananes.

— Aaaaaah! crie-t-il en perdant l'équilibre et en s'affalant sur le sol.

Puis il se met à glisser le long de la pente abrupte, en direction de la falaise.

— NOOOOON! gémit-il en glissant de plus en plus vite.

Il tombe de la falaise et atterrit dans une fosse de goudron avec un énorme *ka-plouf*!

Fifi est FURIEUX! Il s'extirpe du goudron noir collant et s'exclame :

— C'est tout ce que vous avez trouvé?

KA-PLOUF!

Mais les gens des cavernes ont d'autres
surprises en réserve.

— STUPIDES HOMMES des CAVERNES! hurle Fifi quand il reprend ses esprits. C'EST TOUT CE QUE VOUS AVEZ TROUVÉ? Malheureusement pour Fifi, ce n'est pas tout.

— AAAAAAAAAH! hurle Fifi quand son Robo-
Derrière couvert de goudron prend feu.

Les flammes se propagent et Fifi court en
criant vers un petit étang.

La boule de feu robotique hurlante plonge dans l'eau fraîche de l'étang avec un plouf gigantesque. Georges, Harold, Biscotte, Sulu et les gens des cavernes se massent au bord de l'étang pour voir ce qui est advenu de leur ennemi diabolique. Pendant quelques minutes, tout est calme. Puis la surface de l'eau se met à frémir.

Le corps robotique meurtri, calciné et malmené de Fifi surgit des profondeurs bouillonnantes de l'étang.

— C'EST TOUT CE QUE VOUS AVEZ TROUVÉ? crie-t-il en se précipitant vers les gens des cavernes.

Malheureusement pour lui, ils ont prévu d'autres surprises déplaisantes...

CHAPITRE 15

CHAPITRE D'UNE EXTRÊME VIOLENCE, 1RE PARTIE (EN TOURNE-O-RAMAMC)

Voici le
TOURNE-

Comme tout historien te le dirait, le tourne-o-rama a été créé il y a 200 000 ans sur des tablettes de pierre. Ces animations quétaines étaient très amusantes, mais si lourdes à tourner qu'il y avait souvent des pouces écrasés et des doigts cassés.

Les anciens Égyptiens, désireux de résoudre ce problème, ont inventé le « papyrus » autour de 3 500 av. J.-C. Ainsi, les tourne-o-ramas pouvaient être manipulés de façon sécuritaire. Tu peux répéter cette ancienne tradition, améliorée par le miracle des temps modernes : le papier!

PILKEY®

C-RAMA

MODE D'EMPLOI :

ÉTAPE Nº 1
Place la main *gauche* sur la zone marquée « MAIN GAUCHE » à l'intérieur des pointillés. Garde le livre ouvert et bien *à plat*.

ÉTAPE Nº 2
Saisis la page de *droite* entre le pouce et l'index de la main droite (à l'intérieur des pointillés, dans la zone marquée « POUCE DROIT »).

ÉTAPE Nº 3
Tourne *rapidement* la page de droite dans les deux sens jusqu'à ce que les dessins aient l'air *animés*.

Pour avoir encore plus de plaisir, tu peux créer tes propres effets sonores!)

TOURNE-O-RAMA 1

(pages 139 et 141)

N'oublie pas de tourner *seulement* la page 139. Assure-toi de pouvoir voir les dessins aux pages 139 *et* 141 en tournant la page. Si tu la tournes assez vite, les dessins auront l'air d'<u>un seul</u> dessin *animé*.

N'oublie pas de créer tes propres effets sonores!

MAIN GAUCHE

LANCE-PIERRES

POUCE
DROIT

LANCE-PIERRES

TOURNE-O-RAMA 2

(pages 143 et 145)

N'oublie pas de tourner *seulement* la page 143. Assure-toi de pouvoir voir les dessins aux pages 143 *et* 145 en tournant la page. Si tu la tournes assez vite, les dessins auront l'air d'<u>un seul</u> dessin *animé*.

N'oublie pas de faire tes propres effets sonores!

MAIN GAUCHE

RHINO-PLASTIE

POUCE
DROIT

RHINO-PLASTIE

TOURNE-O-RAMA 3

(pages 147 et 149)

N'oublie pas de tourner *seulement* la page 147. Assure-toi de pouvoir voir les dessins aux pages 147 *et* 149 en tournant la page. Si tu la tournes assez vite, les dessins auront l'air d'<u>un seul</u> dessin *animé*.

N'oublie pas de faire tes propres effets sonores!

MAIN GAUCHE

BILLOT BOBO

POUCE
DROIT

INDEX
DROIT

BILLOT BOBO

CHAPITRE 16

CE QUI A *VRAIMENT* CAUSÉ L'ÈRE GLACIALE

— C'est… tout… ce que vous avez trouvé? gémit Fifi en fléchissant ses genoux calcinés et courbaturés.

Son Panta-Robo géant est peut-être une merveille technologique, mais il ne fait pas le poids devant l'ingéniosité des gens des cavernes.

Fifi est dans le pétrin, mais il a encore un truc dans sa manche. Il tend la main vers le tableau de bord et appuie sur le bouton du Paralyseur 4000. Le haut bosselé du Panta-Robo s'ouvre, et le Paralyseur 4000 surgit avec un air menaçant des profondeurs robotiques.

Il darde un faisceau glacé vers les gens des cavernes. Heureusement, ils s'écartent juste à temps. Toutefois, la glace continue de jaillir.

— Ce truc ne fonctionne pas! s'exclame Fifi
en appuyant sur le bouton d'arrêt à plusieurs
reprises.

Le bouton est coincé. Il tire sur le levier
d'urgence qui ne bouge pas non plus.

— On dirait que quelqu'un a saboté mon
tableau de bord! dit Fifi.

Il ne sait pas qu'au même moment, le
quelqu'un qui vient de saboter son tableau de
bord traverse l'habitacle sur la pointe des pieds.

Mini Fifi junior, toujours furieux d'avoir été
trahi par son perfide jumeau, a fait en sorte
que le Paralyseur 4000 ne puisse jamais être
éteint. L'appareil continue donc de projeter son
faisceau glacé.

Des amas de glace synthétique, programmés pour durer soixante-dix mille années, jaillissent en cascade du Paralyseur 4000 de Fifi, enveloppant les arbres et fixant ses pieds robotiques au sol gelé.

La situation échappe à son contrôle. Fifi rampe sous le tableau de bord, cherchant désespérément un moyen de mettre un terme au déversement d'icebergs.

Mini Fifi junior saisit cette chance. Avec ses Robo-Gants, il s'empare de l'Oiegrandisseur 4000. Puis, d'un bond prodigieux, il saute au bord de l'ouverture du Panta-Robo et se jette en bas, sur le sol gelé.

La glace s'étale à une vitesse périlleuse. Mini Fifi junior doit agir rapidement. À la dernière seconde, il prend un morceau de gomme dans sa poche, la mâche, lit la BD sur l'emballage, puis colle la gomme sur le bouton de l'Oiegrandisseur 4000.

— Maintenant, dit-il, quand j'appuierai sur le bouton, il restera COLLÉ!

Et c'est exactement ce qui se produit.
GGGGLLUUZZZZZZZZRRRRT!

Un jet d'énergie de croissance continu jaillit de l'appareil en forme d'oie.

Mini Fifi junior s'empresse de sauter dans le rayon et grandit de dix mètres.

— GÉNIAL! s'écrie-t-il.

Il saute à plusieurs reprises devant le faisceau d'énergie, comme un enfant qui s'amuse à bondir dans le jet d'eau d'un arroseur de pelouse.

Chaque fois que le faisceau le touche, il grandit de dix mètres supplémentaires.

— Je suis un GÉANT! s'exclame Mini Fifi junior, qui a maintenant une taille impressionnante de 35 mètres.

Il se penche pour ramasser l'Oiegrandisseur 4000 avec son Robo-Gant.

— Encore quelques jets et je serai… oups!

L'Oiegrandisseur glisse de son Robo-Gant et dégringole sur l'épaisse couche de glace à ses pieds.

Malheureusement, le jet d'énergie de croissance continu est maintenant braqué sur la gigantesque montagne de glace, et la fait croître et s'étendre encore davantage. La glace commence à s'étendre sur la vallée de l'Ohio et vers l'ouest, en direction de la région terrestre qui portera un jour le nom d'Indiana. Puis elle s'étale vers le nord, le Michigan, le Canada et au-delà.

Une période glaciaire accidentelle vient de s'amorcer. Mini Fifi junior doit partir d'ici au plus vite s'il veut lui échapper.

CHAPITRE 17

SUEURS FROIDES

Georges et Harold prennent leurs animaux et courent à toutes jambes pour échapper aux champs de glace qui gagnent du terrain. Leurs amis des cavernes s'élancent à leur suite.

— Vite, Biscotte, dit Georges. Tu dois prendre Sulu et partir d'ici! C'est votre seul espoir!

Mais quelque chose ne va pas. Biscotte, un ptérodactyle généralement enjoué, semble malade.

— Il a peut-être attrapé froid, dit Harold. Il n'est pas habitué à ces basses températures.

Ils atteignent bientôt la chute où est attaché
M. Bougon.

La glace a déjà commencé à transformer les
cascades d'eau en gadoue gelée.

— Il faut sauver M. Bougon! s'écrie Georges.

— On n'a pas le temps! réplique Harold. On
va *geler* sur place!

— On n'a pas le choix, dit Georges. On ne
peut pas le laisser ici.

Georges et Harold se précipitent vers
M. Bougon et se mettent à tirer sur les lianes
qui le gardent prisonnier. Voyant cela, les gens
des cavernes cessent de courir et viennent leur
prêter main-forte.

Mais il est trop tard. Ils ont beau tirer désespérément sur les lianes, l'eau se solidifie rapidement et la glace gagne du terrain. La gadoue glaciale recouvre la chemise d'Harold et le corps de Georges est bientôt immobilisé par une épaisse couche de glace.

— B-b-b-b-on, dit Harold en grelottant dans le pergélisol en expansion. Au m-m-m-m-oins, on aura es-s-s-s-ayé!

— A-d-d-d-d-ieu! lance Georges, avant que la glace ne recouvre sa figure et le dessus de sa tête.

La fin est arrivée pour Georges et Harold. Tout est terminé. Le seul espoir qu'il leur reste, c'est qu'un jour dans le futur, un archéologue découvre leurs os fossilisés et tente de trouver une explication. Mais même cet espoir semble plutôt improbable.

CHAPITRE 18

QUELQUE CHOSE DE MOINS IMPROBABLE

CRAC!!!

Tout à coup, la glace qui enveloppe Georges, Harold et leurs amis des cavernes vole en éclats sous un puissant coup de karaté.

— Vous ne pensiez pas que j'allais vous laisser ici, hein? dit Mini Fifi junior en les ramassant avec son Robo-Gant géant.

Nos amis se blottissent pour se tenir au chaud pendant que Mini Fifi junior se dirige vers le sud à travers les énormes glaciers.

C'est à ce moment que Georges et Harold remarquent que le visage de M. Bougon n'est plus mouillé. Il a été desséché par le froid, comme tout ce qui les entoure. Ils claquent donc des doigts, et notre héros miraculeux réapparaît.

— Dites donc, c'est frisquet, aujourd'hui, dit le capitaine Bobette.

— Oub-b-b-b-liez ça p-p-p-pour l'instant, dit Georges en frissonnant.

Harold et lui s'empressent de mettre le capitaine Bobette au courant de la gravité de la situation. En peu de temps, ils ont un plan.

Le capitaine Bobette s'envole du Robo-Gant de Mini Fifi junior et saisit son énorme boucle de ceinture. D'un geste puissant, le capitaine Bobette arrache le pantalon de Fifi, boucle comprise, de ses Robo-Jambes.

— Hé! Ce n'est pas juste! hurle Mini Fifi junior, qui reste là à grelotter dans ses gigantesques boxeurs robotiques.

Le capitaine Bobette fait un nœud dans le pantalon et invite tout le monde à monter à bord.

Bientôt, tous les gentils sont bien installés dans le pantalon de polyester et coton, et s'envolent vers un endroit chaud et sécuritaire. Ils filent au-dessus d'un vaste océan et parviennent finalement à un lieu dépourvu de glace. Le capitaine Bobette descend en piqué et atterrit près de la grotte de Chauvet-Pont-d'Arc, dans le sud de la France.

Georges et Harold disent au revoir à leurs amis des cavernes.

— J'espère que vous aimerez votre nouvelle demeure, dit Georges.

— Continuez de dessiner, ajoute Harold. Et prenez soin de nos amis, Sulu et Biscotte, d'accord?

— Attends une minute, dit Georges. On ne peut pas laisser nos animaux ici! Biscotte est malade! Il a besoin de voir un médecin!

— C'est vrai, j'oubliais! dit Harold. Il faut qu'on trouve un moyen de retourner dans le futur.

Le capitaine Bobette reprend Georges, Harold, Biscotte et Sulu sur son dos et les ramène vers les glaciers de l'Amérique du Nord. S'ils veulent revenir aux temps modernes, Mini Fifi junior est leur seul espoir.

CHAPITRE 19

LE SERMENT

Lorsque nos cinq héros retrouvent enfin Mini Fifi junior, ce dernier ne semble pas du tout surpris de les voir.

— Je ne suis pas du tout surpris de vous voir, dit-il en prenant une gorgée de sa bouteille d'eau. Je parie que vous voulez que je vous ramène dans le futur, hein?

— Exactement, dit le capitaine Bobette. Ce serait très gentil!

Mini Fifi junior tourne sa bouteille vers le capitaine Bobette et fait gicler de l'eau sur son visage.

SPLOUCH!

— Qu-qu'est-ce qui se passe ici? balbutie
M. Bougon pendant que nos cinq héros tombent
vers le sol gelé.

— AAAAAH! crie Harold. On est FICHUS!

Heureusement, Mini Fifi junior les attrape avant qu'ils ne touchent le sol. Malheureusement, il leur réserve un sort encore pire qu'une chute mortelle de 35 mètres.

Pendant que Mini Fifi junior règle son Fifi-omètre temporel à une date du futur, Georges et Harold se lamentent d'être toujours aux prises avec les mêmes situations fâcheuses.

— Bon, v'là que ça recommence! dit Georges. On se retrouve dans le même pétrin que d'habitude!

— Je sais, dit Harold. On dirait que chaque fois qu'on fait une blague ou qu'on crée une BD, quelque chose de terrible se produit!

— Tu sais, ajoute Georges, si on se sort de ce mauvais pas, on devrait arrêter de faire des bêtises.

— Je suis d'accord, répond Harold. Il faut qu'on arrête de faire des BD et qu'on s'occupe plus de nos devoirs!

Au moment où une lumière bleutée crépitante les enveloppe, Georges et Harold font le serment de changer leur comportement. Ils s'engagent à abandonner les farces, les blagues et les BD. Ils promettent de prendre la vie au sérieux et d'agir comme des adultes responsables.

— Hé! s'exclame Georges pendant qu'ils disparaissent dans un tourbillon de temps liquéfié et crépitant. Je me sens déjà plus mature!

— Moi aussi! réplique Harold.

CHAPITRE 20

TRENTE ANS DANS LE FUTUR

Une énorme boule de foudre bleutée explose dans la partie sud d'une ville animée du Midwest. Georges et Harold regardent autour d'eux et aperçoivent le spectacle familier de voitures, de maisons et de chaînes de restaurants-minute.

— On est CHEZ NOUS! s'écrie Georges.

— On dirait bien, ajoute Harold. Mais pourquoi tout a-t-il l'air si... *vieux*?

— C'est parce que je ne vous ai pas ramenés à votre point de départ, mais trente ans dans le futur! dit Mini Fifi junior en riant.

CASSE-CROÛTE PRÊT-À-ROTER

— Pourquoi nous as-tu emmenés dans le *futur*? demande Georges.

— Parce que la dernière fois que je me suis débarrassé du capitaine Bobette, le monde a été détruit, explique Fifi. Je voulais m'assurer que le monde survivrait aux trente prochaines années sans lui. Il semble que oui!

Fifi se dirige vers l'école primaire et dépose Georges, Harold et leurs animaux par terre.

— Installez-vous confortablement, dit Fifi. Je vais SUPPRIMER le capitaine Bobette une fois pour toutes, et je veux que vous soyez aux premières loges!

Horrifiés, Georges et Harold regardent Mini
Fifi junior projeter M. Bougon dans les airs
comme une balle lestée.

— Je ne veux pas voir ça! dit Harold en
flattant son ptérodactyle, qui a l'air de plus en
plus malade.

Sulu trottine sur le terrain de jeu à la
recherche de brindilles et de feuilles. Il forme
un nid qui gardera Biscotte au chaud.

— N'oublie pas, dit Georges à Harold. Si on
sort de ce pétrin, on va filer doux et agir comme
des adultes!

— Oui, répond Harold en déposant Biscotte
dans le nid douillet préparé par Sulu. On va être
responsables et matures!

Pendant que Fifi fait rebondir M. Bougon comme un ballon de soccer, Georges et Harold sont distraits par un vacarme derrière eux. Deux enseignants invectivent des élèves dans la cour d'école. Ils leur interdisent de regarder la bataille épique qui se livre dans les airs, et leur ordonnent de filer doux et d'agir en adultes.

La lutte s'intensifie. Les ignobles enseignants s'énervent de plus en plus et accablent les élèves d'insultes et de menaces.

— Ces profs y vont un peu fort! dit Georges.

— Oui, dit Harold. Ils crient tellement que je ne peux pas entendre la bataille!

Tout à coup, une Honda Civic 2034 verte et rouillée s'engage dans le stationnement. Un personnage familier en sort en coup de vent. C'est M. Bougon — en fait, une version trente ans PLUS VIEILLE de M. Bougon. Il est bien plus ridé, avec une barbe blanche ébouriffée et des pantalons qui lui montent jusqu'aux aisselles.

M. Bougon avance vers la cour, ouvre la bouche et crie quatre mots qui font frémir Georges et Harold.

— *M. BARNABÉ! M. HÉBERT!*

Les deux garçons se figent.

— Oh, non! chuchote Harold. Le vieux
M. Bougon nous a reconnus!

— Qu'est-ce qu'on fait? demande Georges.
Comment va-t-on sortir de *CE PÉTRIN*?

Le Vieux Bougon se dirige vers Georges et
Harold qui frissonnent d'horreur. Puis il les
dépasse et continue de marcher vers la cour
d'école.

— M. BARNABÉ! M. HÉBERT! crie-t-il.
FAITES ENTRER CES ENFANTS TOUT DE
SUITE!

— À qui parle-t-il? demande Georges.

— Aucune idée, répond Harold.

C'est alors que les deux enseignants furieux
se retournent.

CHAPITRE 21

LE PIRE CAUCHEMAR DE GEORGES ET HAROLD

Tu sais, ce sentiment d'angoisse qui nous tord parfois le ventre? Cela arrive généralement quand on comprend qu'une chose horrible s'est produite ou va se produire. Les gens éprouvent souvent cette sensation quand ils s'aperçoivent qu'ils ont oublié d'étudier pour un examen... qu'ils vont rater l'autobus scolaire... ou que le lait qu'ils viennent de boire est périmé depuis trois semaines.

Maintenant, imagine cette sensation grossie d'environ 1 000 000 000 000 de fois.

Voilà ce qu'éprouvent Georges et Harold quand les deux ignobles enseignants hurleurs se retournent.

Ce sont eux.

Plus précisément, des versions futures d'eux-mêmes.

Georges et Harold ont grandi et sont devenus des enseignants. Mais pas le genre d'enseignants gentils et imaginatifs auquel tu es peut-être habitué. Non, monsieur! Georges et Harold sont devenus le genre d'enseignants terrifiants, assommants et rancuniers auquel ils sont habitués.

Le Vieux Bougon s'insinue entre le Harold de quarante ans et le Georges de trente-neuf ans et trois quarts, et met ses bras suants sur leurs épaules.

— Je suis heureux que vous soyez là, leur dit-il. C'est difficile de rendre tout le monde malheureux, n'est-ce pas?

— Oui, patron, répond le Harold de quarante ans.

— Vous savez, dit le Vieux Bougon, j'ai du mal à croire que vous étiez les élèves les plus dissipés de cette école! Heureusement que vous avez commencé à prendre la vie au sérieux!

— Oui, dit le Georges de trente-neuf ans et trois quarts. Un jour, il y a environ trente ans, on a compris qu'on faisait fausse route. On a fait le serment de filer doux et d'obéir!

— Oui! renchérit le Harold de quarante ans. À partir de ce moment-là, on a étudié sérieusement, on a respecté la discipline et… *HÉ! ARRÊTEZ ÇA, LES JEUNES!*

Georges et Harold se jettent un coup d'œil ébahi pendant que leurs doubles adultes continuent d'engueuler les pauvres enfants dans la cour d'école.

— Hum… Te souviens-tu de notre serment d'arrêter de faire les idiots et d'agir en adultes? demande Harold.

— Oui, répond Georges.

— Je pense qu'on devrait faire un autre serment qui annule le premier serment, dit Harold.

— D'accord pour un autre serment! dit Georges.

Pendant que la terrible bataille se poursuit au-dessus de leurs têtes, Georges et Harold se serrent la main et promettent de rester toujours fidèles à eux-mêmes. Ils jurent de continuer de faire des blagues, de créer ENCORE PLUS de BD et de ne pas prendre la vie trop au sérieux.

— Et continuons de rêvasser! ajoute Georges.

— Oui, dit Harold. Pas question de *rester assis tranquilles* et *d'être attentifs*!

Pendant qu'ils font leur nouveau serment, une chose étrange se produit. Un vent léger se met à souffler, un tintement de carillon flotte dans les airs, et les versions adultes de Georges et Harold disparaissent peu à peu. Elles s'évanouissent graduellement, et après une minute, le Vieux Bougon reste planté là tout seul.

— Wow! s'exclame Georges. C'est aussi facile que ça? Il suffit de prendre une décision et de s'y conformer, et on peut changer le futur?

— On dirait bien, répond Harold.

Georges et Harold s'avancent vers le Vieux Bougon, qui a l'air un peu confus. Ils claquent des doigts. Aussitôt, un sourire familier se dessine sur le visage du Vieux Bougon.

— Eh bien? dit Georges en désignant la lutte acharnée qui se déroule en plein ciel. Qu'attendez-vous?

— Ouais! renchérit Harold. Vous prenez une raclée, là-haut! Allez donc vous aider!

Le Vieux Bougon arrache ses vêtements, se précipite dans l'école, attrape un rideau rouge dans son bureau et s'envole par la fenêtre avec un « Tra-la-laaaa! » triomphant.

Le Vieux Capitaine Bobette vole au secours
de M. Bougon et le ramène sur la terre ferme.

— Ouf! Je suis heureux que ce soit terminé!
dit M. Bougon.

— Une minute, l'ami! dit Georges. Ça ne fait
que commencer!

Avec un claquement de doigts de Georges
et Harold, M. Bougon redevient un héros et
s'envole dans le ciel pour lutter aux côtés de sa
version du futur.

CHAPITRE 22

CHAPITRE D'UNE EXTRÊME VIOLENCE, 2ᴱ PARTIE (EN TOURNE-O-RAMA^{MC})

TOURNE-O-RAMA 4

(pages 187 et 189)

N'oublie pas de tourner *seulement* la page 187. Assure-toi de pouvoir voir les dessins aux pages 187 *et* 189 en tournant la page. Si tu la tournes assez vite, les dessins auront l'air d'<u>un seul</u> dessin *animé*.

N'oublie pas de créer tes propres effets sonores!

MAIN GAUCHE

LES DOIGTS DANS LE NEZ

POUCE
DROIT

INDEX
DROIT

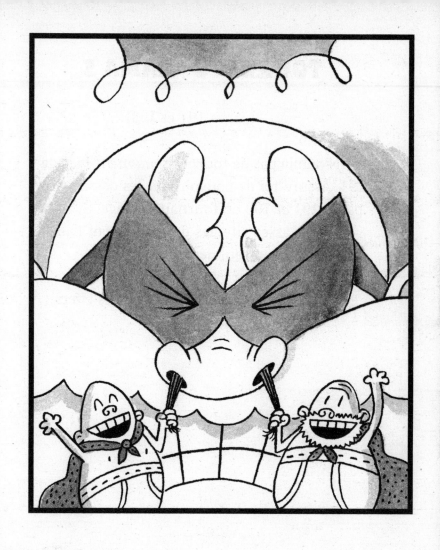

LES DOIGTS DANS LE NEZ

TOURNE-O-RAMA 5

(pages 191 et 193)

N'oublie pas de tourner *seulement* la page 191. Assure-toi de pouvoir voir les dessins aux pages 191 *et* 193 en tournant la page. Si tu la tournes assez vite, les dessins auront l'air d'<u>un seul</u> dessin *animé*.

N'oublie pas de faire tes propres effets sonores!

MAIN GAUCHE

BON PIED, BON ŒIL!

191

BON PIED, BON ŒIL!

TOURNE-O-RAMA 6

(pages 195 et 197))

N'oublie pas de tourner *seulement* la page 195. Assure-toi de pouvoir voir les dessins aux pages 195 *et* 197 en tournant la page. Si tu la tournes assez vite, les dessins auront l'air d'<u>un seul</u> dessin *animé*.

N'oublie pas de créer tes propres effets sonores!

MAIN GAUCHE

PAN! DANS LES DENTS!

PAN! DANS LES DENTS!

CHAPITRE 23

COMMENT L'UNIVERS A VRAIMENT COMMENCÉ

Mini Fifi junior est peut-être géant et puissant, mais il n'est pas de taille à vaincre *DEUX* capitaines Bobette! Il tombe sur ses énormes genoux robotiques dans un nuage monstrueux de défaite agonisante.

Toutefois, Mini Fifi junior n'est pas prêt à rendre les armes.

Il se penche vers le tableau de bord et appuie sur le bouton « Bombe nucléaire », qui est situé entre celui du « Lait frappé aux fraises » et celui des « Biscuits choco-menthe allégés ». Un panneau s'ouvre à l'arrière des Robo-Boxeurs et une bombe thermonucléaire de cent soixante tonnes en surgit.

— Vous m'avez peut-être terrassé, mais rira bien qui rira le dernier! dit Mini Fifi junior en appuyant sur le bouton qui déclenche le décompte de la fin du monde.

Un témoin lumineux rouge se met à clignoter sur la paroi de la bombe. Une voix électronique émane du système d'armement et commence le décompte :

« Cette bombe explosera dans soixante secondes. »

— NOOOON! crie Georges. La dernière fois qu'une de ces bombes a explosé, elle a tué tous les dinosaures!

— Et cette bombe est encore PLUS GROSSE que la dernière, renchérit Harold. Elle pourrait faire sauter la planète entière!

— Rectification, dit Mini Fifi junior. Je viens d'activer mon Lévitateur Graviton, qui donnera à cette bombe encore plus de puissance destructrice qu'une *SUPERNOVA*! Ce truc va faire exploser toute la GALAXIE!

« Cette bombe explosera dans trente secondes », dit la voix électronique.

— On est encore FICHUS! hurle Harold.

— Bon, dit Georges. On s'est quand même bien amusés. Adieu, mon vieil ami!

— Salut, dit Harold.

Les deux amis se serrent la main, et sont presque renversés par une énorme rafale de vent.

C'est Biscotte
et Sulu. Les
animaux de Georges
et Harold passent en
coup de vent près d'eux et
se dirigent vers l'ouverture des
Robo-Boxeurs radioactifs. Ils se
faufilent en voltigeant à l'intérieur du
centre de commande. Le cerveau bionique de
Sulu déchiffre rapidement le tableau de bord
complexe du Fifi-omètre temporel, et les deux
animaux s'empressent d'appuyer sur différents
boutons.

202

« Cette bombe explosera dans quinze secondes », dit la voix pendant que Biscotte picore fiévreusement les boutons du tableau de bord. Finalement, Sulu appuie à fond sur le bouton « On y va! » et les Robo-Boxeurs radio-actifs sont enveloppés d'une gigantesque boule de lumière bleue.

Soudain, les Robo-Boxeurs radioactifs
(et leurs trois occupants) sont projetés
13,7 milliards d'années dans le passé. À une
époque avant que le temps n'existe. Avant que
QUOI QUE CE SOIT n'existe. Il n'y avait pas
de Terre, pas de soleil, pas de planètes, pas
d'univers... Il n'y avait rien du tout...

… sauf le décompte électronique d'une bombe thermonucléaire de 160 tonnes :

« Cette bombe explosera dans 5... 4... 3... 2... 1... »

CHAPITRE 25

LA THÉORIE DU BIG KA-BOUM

La chaleur de l'explosion de la supernova provoque la naissance de l'univers qui connaît une expansion rapide. Durant son expansion, il commence à refroidir, permettant à son énergie de se convertir en de multiples particules subatomiques.

En peu de temps, ces particules se combinent pour former des atomes, qui se combinent pour former de la matière, qui se combine pour former des étoiles et des planètes et toi et moi et tout ce qui nous entoure.

Les scientifiques désignent généralement cet événement par le terme « Théorie du Big Bang », mais honnêtement, l'explosion ressemblait beaucoup plus à un *Ka-boum* qu'à un simple *Bang*. Je suppose qu'il fallait être là pour le savoir.

CHAPITRE 26

QU'AVONS-NOUS APPRIS AUJOURD'HUI?

Te souviens-tu du début de ce livre, où je te disais que tu serais plus brillant que le plus brillant génie de la Terre en arrivant à la page 210? Eh bien, félicitations. Tu sais maintenant ce qui a tué les dinosaures, qui a provoqué la dernière ère glaciaire et comment notre univers a été créé.

Malheureusement, ces informations ne pourront pas t'être très utiles sur le plan pratique. Si jamais tu as un examen sur ces sujets à l'école, ne réponds pas la vérité. Je peux te le garantir : cela ne donnera RIEN de bon.

Voilà le triste sort des gens ultra brillants comme nous. Rares sont les moments où nous pouvons faire appel à nos vastes connaissances. Nous devons nous contenter de lever les yeux au ciel, de secouer la tête d'un air condescendant et de chanter cette bonne vieille chanson : *J'suis plus intelligent, na na na naaa.*

Pour te dépanner, une feuille de musique est imprimée sur la page suivante.

Nom Stef H.

EXAMEN DE SCIENCES ⓕ

1. Quand et comment l'univers a-t-il commencé? Quand Mini Fifi junior a fait exploser une bombe nucléaire, il y a 13,7 milliards d'années

2. Qu'est-ce qui a causé ça? Un ptérodactyle et un hamster bionique.

3. Comment appelle-t-on cette théorie? La théorie du Big ka-boum.

4. Qu'est-ce qui a causé l'extinction des dinosaures? L'explosion de Fifi Ti-Père au Mexique il y a 65 millions d'années.

5. Qu'est-ce qui a entraîné la dernière ère glaciaire? Le Paralyseur 4000 associé à l'Olograndisseur 4000.

6. Qui a fait les premiers dessins préhistoriques? Georges et Harold.

J'suis plus intelligent

Paroles et musique d'Albert Einstein

Copyright © 1952. Reproduit avec la permission d'Albert P. Einstein.

CHAPITRE 27

ENTRE-TEMPS, TRENTE ANS DANS LE FUTUR...

— Où sont-ils passés? s'écrie Georges.

Il lève les yeux vers le ciel, où les Robo-Boxeurs radioactifs de Fifi se trouvaient un instant plus tôt.

— Ils ont disparu! s'exclame Harold. Ils se sont évanouis sans laisser de trace!

Le capitaine Bobette et son vieux jumeau barbu volent jusqu'aux deux garçons.

— Qu'est-ce qu'on va faire? demande le Vieux Capitaine Bobette.

— Volez donc dans l'école pour vous asperger la figure d'eau! propose Harold.

— D'accord, patron! répond le Vieux Capitaine Bobette.

Il vole jusqu'à la fontaine la plus près, et retrouve en un instant sa bonne vieille personnalité bougonne.

— Bon, dit Georges. Qu'est-ce qu'on *VA* faire? On est coincés dans le futur sans machine temporelle!

— Heu… Georges? dit Harold en regardant le nid de Biscotte.

— On n'a pas d'argent… pas de papiers d'identification… *rien*! ajoute Georges.

— Heu… *Georges*? répète Harold en se penchant vers le nid.

— Ce n'est pas comme si on pouvait retourner à l'école et reprendre là où on en était! dit Georges.

— Heu… *Georges*? répète Harold une troisième fois.

— *Quoi?* finit par demander Georges.

Harold désigne le nid que Sulu a préparé pour Biscotte. Au centre du nid se trouvent trois œufs mauves tachetés d'orange.

Georges en reste bouche bée.

— QU'EST-CE QUE C'EST QUE ÇA? s'écrie-t-il.

— Biscotte n'était pas malade. Il était *enceinte*!

— Mais Biscotte est un GARÇON! Les garçons ne pondent pas d'œufs!

— Peut-être que Biscotte est une fille, dit Harold.

— Oh, dit Georges. Je suppose que ce serait plus logique.

Georges et Harold examinent soigneusement les œufs.

— Il faut les garder au chaud jusqu'à ce que Biscotte et Sulu reviennent, dit Georges.

— Mais on ne sait pas où ils sont allés! proteste Harold. On ne sait même pas s'ils VONT revenir!

— Alors, il va falloir qu'on élève ces œufs nous-mêmes, déclare Georges. C'est le moins qu'on puisse faire!

CHAPITRE 28

CHAPITRE FINAL DU DERNIER ROMAN ÉPIQUE DU CAPITAINE BOBETTE

Georges, Harold et le capitaine Bobette tiennent chacun un œuf contre eux pour le tenir au chaud. Ils se mettent à marcher.

— Où va-t-on? demande Harold.

— On pourrait d'abord essayer nos maisons, répond Georges. Peut-être que nos parents y vivent toujours.

— Bonne idée, dit Harold.

Tout à coup, une boule de lumière clignotante apparaît devant eux. Le clignotement s'intensifie de plus en plus, jusqu'à exploser dans une salve d'éclairs crépitants.

À l'emplacement de la sphère lumineuse se matérialise un calmar robotique fluorescent géant. Le haut du Robo-Calmar s'ouvre, et le vieil ennemi de Georges et Harold, Louis Labrecque, sort la tête.

— Salutations! déclare Louis. Je suis venu du passé pour vous ramener à la maison!

— Hé, attends une minute! lance Georges d'un ton incrédule. Comment as-tu su où nous trouver?

— Disons juste qu'un *vieil ami* m'a conduit jusqu'à vous, répond Louis.

— Bon, dit Georges.

— Ça me suffit, dit Harold.

— Voyez-vous, poursuit Louis, quand j'ai
conçu l'endosquelette robotique de Sulu, j'ai
installé un…

— *Sans intérêt!* l'interrompt Georges.

— Ouais! renchérit Harold. On a arrêté de
t'écouter il y a environ dix secondes.

— *EH BIEN, ÉCOUTEZ ÇA!* crie Louis en attrapant nos héros avec ses tentacules robotiques. Vous autres, les trois ratés, ainsi que vos précieux œufs, vous allez venir avec moi!

— Où nous emmènes-tu? demande Georges.

— Vous le saurez bien assez vite, répond Louis avec un rire démoniaque. Bien assez vite!

Le super Robo-Calmar temporel fluorescent se met à trembler et à crépiter dans une boule bourdonnante de lumière électrifiée.

— Oh, NON! crie Georges.

— Vl'à que ça recommence! hurle Harold.

AS-TU LU UN LIVRE DU CAPITAINE BOBETTE AUJOURD'HUI?